FABLES

PAR

LE PRÉSIDENT BENOIT-CHAMPY

PARIS

TYPOGRAPHIE DE HENRI PLON

RUE GARANCIÈRE, 8

1872

FABLES

Le monde connaît les parties éclatantes, les reliefs fortement éclairés de la vie de chacun ; les traits tout à fait fins et délicats lui échappent. Ils ne se révèlent qu'aux yeux qui se sont faits pour ainsi dire à l'ombre et au demi-jour dans un long et intime commerce avec celui qui montre ainsi la fleur de son âme. N'est-ce pas d'ailleurs un des plus grands charmes de ces arrière-plans de l'esprit et du cœur, qu'ignorés du grand nombre, ils soient comme un secret entre quelques favorisés? Et pourtant quand la mort a effacé jusqu'au dernier trait, quand ces choses précieuses, devenues des souvenirs, ne vivent plus que dans quelques âmes qu'elle attend, qu'elle envahit déjà, le désir vient de ne pas laisser disparaître si vite ces joies dont on a vécu ; on sent le besoin d'en parler encore à voix basse, de se redire, entre gens qui l'ont connu et goûté, le prix de ce passé que le temps entraîne vers l'oubli, et on se laisse aller à l'impuissant désir de le retarder, en fixant, même sous une forme imparfaite, l'image de l'ami, de l'homme de cœur, de l'homme de goût qui n'est plus.

Je n'ai connu M. Benoît-Champy qu'en 1850. La première fois que je le vis, je fus frappé de ce visage encore jeune, encadré de cheveux noirs ; les yeux, un peu gros pour l'orbite, avaient un regard doux et fin ; un sourire plein d'aménité tempérait la gravité un peu froide de la physionomie. Plus tard, l'âge altéra tous ces traits ; les joues se creusèrent, les cheveux devinrent blancs. Après l'âge, la souffrance fit aussi son œuvre. Mais, jusqu'au bout, l'expression qui m'avait charmé vingt ans auparavant subsista. Même dans les derniers jours, il suffisait d'une marque d'affection, d'un récit piquant pour que l'esprit toujours vif et l'âme infatigablement jeune reparussent à la surface et répandissent leur bonne grâce et leur animation sur cette figure déjà touchée par la mort. La physionomie niait la vieillesse du visage au repos, elle trahissait le goût profond .de la vie, une inaltérable fraîcheur de sensation, un entrain non ralenti vers toutes les choses nobles et fines, tout ce qui, après avoir fait de l'homme dans sa force le modèle d'une sociabilité délicate, devait encore entourer son déclin de belles jouissances et d'amitiés tenues sous le charme.

M. Benoît-Champy était en effet un homme du monde dans le sens le plus exquis de ce mot. Il l'était à la façon des premières années du siècle, avec bonne grâce, avec simplicité.

Il avait tous les mérites et toutes les ressources de ce rôle difficile. Un timbre de voix très-clair, une accentuation nette et variée, une distinction native dans les gestes lui donnaient tout d'abord du charme et de l'empire. Il excellait dans cette causerie légère, ondoyante et changeante, qui touche à tout sans peser sur rien, où la raillerie n'a qu'un mol aiguillon, où la plaisanterie sert au besoin de chemin vers les hautes pensées, tandis que la discussion sérieuse se détourne et se perd dans quelque ingénieux paradoxe. M. Benoît-Champy racontait avec goût et avec charme, il avait beaucoup vu et beaucoup retenu ; il n'y avait pas un mot de hasard qui n'éveillât quelque souvenir dans son inépuisable mémoire ; une vérité quelconque aussitôt exprimée trouvait dans sa bouche un commentaire sous la forme d'un récit vivant et piquant. Quand il commença à ouvrir son salon, la passion et l'art de s'amuser subsistaient encore. On dansait, on jouait volontiers quelque comédie légère. Les amis qui datent de ces jours lointains se rappellent le naturel parfait et l'exquise finesse que M. Benoît-Champy apportait dans les rôles jeunes des pièces du temps. Plus tard, l'âge et ce qu'il crut devoir à sa situation de magistrat le décidèrent à s'abstenir ; mais, dans les dernières années de sa vie, il prenait encore plaisir à composer des charades qui étaient de véritables pièces ; il les écrivait, présidait aux répétitions, indiquait l'attitude, l'intonation, tout cela avec une étonnante entente de la scène et un sentiment très-vif de la vérité des caractères. Que de fois, en écoutant ces petits chefs-d'œuvre de finesse et d'esprit comique, nous nous sommes étonné que M. Benoit-Champy n'eût jamais fait quelque pièce de théâtre travaillée ! Mais, comme La Fontaine, les fables l'avaient pris, et l'ont gardé jusqu'à la fin. Il a fait pendant les souffrances des derniers mois de sa vie celles que l'on imprime aujourd'hui ; elles étaient le commencement du second volume qu'il croyait finir, et auquel il aurait mis, sans doute comme au premier, la modeste épigraphe : *Parva et paucis.*

Les salons de la rue de Choiseul, de la rue Saint-Honoré, de la Chaussée-d'Antin, qui, les ayant fréquentés, les oubliera jamais? C'est là que, pendant vingt ans, a régné près d'un homme digne d'elle, une femme excellente et supérieure, d'un cœur chaud et fidèle, d'un esprit viril et fin.

Dans des positions inégalement élevées, Madame Benoit Champy avait réussi de tout temps à grouper autour d'elle tout ce que Paris contenait de penseurs distingués, d'artistes éminents, de causeurs agréables. Elle les recherchait, les attirait, les enchaînait enfin. Une fois son ami, on était à elle. Je ne sais quelle pente vous entraînait chaque soir vers ce salon familier. Nul ne lui résistait ; sur un signe d'elle, les artistes renonçaient à leurs caprices, les hommes politiques à leurs inimitiés. Toujours vigilante, elle excellait à faire servir chacun au plaisir des autres. Intimité douce et charmante! J'aime à me la figurer dans sa perfection telle qu'elle était il y a dix ans; car, dans les derniers temps, la maladie, le poids de l'âge, les malheurs publics, la mort avaient déjà relâché les liens du faisceau; vous n'étiez plus là, Dauzats, Louis Boulanger, Delacroix! Bien d'autres s'étaient dispersés. Nous restions peu nombreux, nous les amis de la première heure, destinés à replier de nos mains le linceul, deux fois en dix mois, sur ce qui restait encore des plaisirs et des enchantements de nos jeunes années.

Dans ces charmantes réunions, M. Benoît-Champy avait pris la littérature sous sa tutelle. Quoiqu'il eût plusieurs des qualités de l'écrivain et du poëte, il était surtout un lettré et un homme de goût. Il aimait qu'on récitât chez lui de courts morceaux des anciens maîtres, parfois aussi des maîtres nouveaux, et il excellait lui-même dans l'art de bien dire. Il passait avec une facilité extraordinaire d'un ton à un autre, et nous l'avons vu, dans une même soirée, après avoir fait frissonner dans nos cœurs toutes les terreurs de Macbeth, y faire épanouir un rire inextinguible avec la scène de Pierrot et de Charlotte. Dans ses compositions, M. Benoît-Champy était surtout remarquable par l'esprit d'observation et par le souci qu'il avait de la forme; personne ne connaissait mieux les travers du cœur et de l'esprit humain; il en parlait sur un ton doucement railleur, en philosophe aussi indulgent que clairvoyant, en artiste qui, sans les excuser, leur sait un peu gré d'exister pour fournir un sujet piquant à son pinceau. C'est là ce qui fait le principal charme de ses fables. L'idée trouvée, le premier jet sorti, l'auteur n'avait plus de repos qu'il n'eût donné à son ébauche toute la correction et le fini dont il était capable. Il la travaillait de nouveau en se promenant, car c'était sa coutume, et il semblait qu'il trouvât dans le rhythme de son pas le secret de l'harmonie qu'il voulait mettre dans son style. Dans ces remaniements, il scrutait chaque phrase, pesait chaque mot, et ne croyait jamais être parvenu à la forme définitive.

Il fallait que ses amis prissent grande peine pour le rassurer et pour apaiser cet amour inquiet du mieux qui était l'un des grands traits de son caractère. On a dit que le goût est la pudeur de l'esprit. Chez M. Benoît-Champy, l'amour passionné de la correction semblait ne faire qu'un avec la sensibilité très-fine, presque ombrageuse, qui, dans les choses du cœur, lui rendait insupportable la moindre dissonance.

Cette nature rare avait, en effet, je ne sais quoi de profondément tendre et presque de raffiné qui ne se voit guère dans les affections des hommes. Il avait avec ses amis toutes les délicatesses de l'amitié; il jouissait infiniment de celles dont on usait à son égard, et il souffrait plus que tout autre de ne les pas rencontrer. Il disait souvent que la politesse est une partie et le signe le plus sûr de la bonté, et il nous a avoué plus d'une fois qu'il avait besoin d'un effort pour rendre justice, même à un sentiment franc et vrai, exprimé dans un langage brutal ou banal. Il arrivait, parce qu'il le voulait ainsi, à pardonner la vulgarité de l'expression ; mais tout son plaisir en était gâté.

Le talent de M. Benoît-Champy, son intégrité, ses qualités de cœur lui avaient fait des amis parmi les esprits d'élite. Quoiqu'il soit resté longtemps au barreau, on peut dire qu'il n'a fait que le traverser pour aller s'asseoir à la place que lui destinaient à la fois la sûreté de son jugement, l'autorité de sa parole, et le sentiment profond et grave qu'il avait de sa propre dignité. Il a occupé ce siége douze années, et il n'y a eu qu'une voix pour rendre hommage à sa connaissance du droit, à son fin discernement, à son équité sévère. Il consacrait toujours son premier travail du matin à l'étude du droit. Là il mettait en ordre les notes qu'il avait prises aux audiences, il rédigeait les observations qu'il avait faites sur les insuffisances de la loi, sur les moyens nouveaux invoqués devant lui, et généralement sur tous les points de droit intéressants. Ces remarques devaient se relier un jour en un vaste ensemble dont le lien et la philosophie étaient déjà dans l'esprit de l'auteur; il est mort sans avoir pu tracer le cadre où elles auraient trouvé place, et on a dû renoncer à les publier sous une forme imparfaite.

Il y avait une chose qui exerçait sur M. Benoît-Champy un ascendant sans bornes, c'est la bonté. Dévoué à ses amis et serviable à tous, il était infiniment reconnaissant, non pas seulement d'un acte de dévouement, mais de l'attention la plus légère. Il avait un accent particulier en disant de quelqu'un « Il est bon » ; il semblait que cela couvrait tout et compensait tout. Je ne crois pas d'ailleurs qu'il y ait eu aucun homme moins accessible à la rancune ; un mot parti du cœur, un procédé délicat suffisait pour effacer même un passé injurieux ; l'âme généreuse était toujours prête à renouer la chaine de l'affection rompue et à se hasarder de nouveau sur des gages fragiles.

Il faut louer ceux qui savent ainsi pardonner et se donner sans cesse ; ce sont les sages, ce sont aussi les heureux.

Je ne sais pourquoi j'hésite à parler de ces qualités plus sérieuses et plus profondes qui n'ont été connues entièrement que des intimes amis ; c'est que je sens mon impuissance à montrer comme il le faudrait cette conscience si

haute et si scrupuleuse, ce goût passionné pour
ce qui est bien, cette sincérité absolue avec soi-
même et avec les autres, et enfin ce fonds de pensées graves sur la vie et la destinée humaines,
qu'il a bien des fois ouvert devant nous avec
une émotion si virile et si touchante. Les cau-
series si vives et si légères où M. Benoît-Champy
semblait se complaire, n'étaient qu'un délasse-
ment à la suite des sérieuses méditations qui
étaient la vraie vie de son âme. Aussi avait-il
été amené de bonne heure à se refaire une
croyance religieuse; croyance large, sans doute,
et tolérante, qui le consolait sans lui imposer le
désir de condamner ni le besoin de convertir.
On a conservé un livre des Évangiles et de
l'Imitation de Jésus-Christ qui, presque d'un
bout à l'autre, est marqué au crayon de points
un peu épaissis, comme il les faut pour une vue

basse ; il aimait à revenir sur les meilleurs passages, à en faire des sujets de réflexions et à en tirer une sagesse vraiment chrétienne. On sentait cette influence surtout vers la fin de sa vie, dans les conversations intimes. Au milieu de cette instabilité que la mauvaise fortune de la France avait laissée après elle, il avait senti plus que jamais le besoin de mettre ses espérances et ses ambitions à une hauteur où les choses terrestres s'effacent par la distance et où il n'y a plus que des biens incorruptibles. Il a voulu recevoir les sacrements, et a reçu deux fois celui de l'Eucharistie dans la dernière quinzaine de sa maladie. Il est mort résigné et presque consolé.

Ses derniers jours et les deux ou trois mois qui les ont précédés ne sortiront jamais de ma mémoire. Je le vois encore dans son grand fauteuil qu'à la fin il ne quittait presque plus. Sa figure était amaigrie et triste, mais il trouvait encore un sourire bienveillant pour vous accueillir ; il était infiniment reconnaissant de la moindre attention. Sa voix avait faibli ; pourtant, si on lui demandait de réciter une de ces compositions qu'il ébauchait encore au milieu d'atroces souffrances, il retrouvait le geste, l'attitude, les sonorités d'autrefois ; parfois il semblait si bien renaître qu'on se surprenait à espérer contre toute espérance. Chose étrange, ces dernières fables comptent parmi les plus harmonieuses et les plus faciles qu'il ait faites ; il semble que dans cette langueur du corps appesanti, l'esprit fût plus dégagé, qu'il eût plus d'air dans ses ailes. Ses affections aussi étaient plus tendres et leur expression plus pénétrante. On comprenait mieux à quel point ce cœur était fait pour aimer et être aimé, et c'était au moment où tout allait finir. Il a vu venir la mort; lui qui avait eu le goût passionné de la vie, il a regardé avec calme le terme qui s'approchait; il n'a pas eu un moment de résistance et de révolte contre ce qui allait s'accomplir. On a pu redire de lui l'admirable mot de Bossuet : « Il a été doux envers la mort ». Il avait pour ainsi dire renoncé à lui-même et ne se préoccupait plus que de ceux qui l'entouraient, de ceux qui allaient lui survivre. La dernière parole que je lui ai entendu dire exprimait le désir que le spectacle de sa fin fût épargné à quelqu'un qui l'aimait. Il était alors comme un cadavre avant le tombeau : les mains froides, le menton affreusement creusé, les yeux presque sans regard. L'âme seule veillait encore; il a eu sa connaissance jusqu'à la dernière minute, et il a vu la vie se détacher de lui fibre par fibre.

Lui et elle, ils ont emporté tout un monde de joies fines et délicates. La société qu'ils avaient créée vivait d'eux et ne leur a pas survécu. Tout s'est dénoué, dispersé, égaré. Et cependant, qui, parmi ceux qui se sont assis plus d'une fois à ce foyer hospitalier, n'est sans cesse ramené au souvenir des heures délicieuses qu'il y a passées? Lequel parmi ceux qui avaient le rang d'amis, ne se sent les yeux pleins de larmes en songeant que ces deux cœurs d'élite, ces deux volontés droites, ces deux charmants esprits ne sont plus?

Émile BOUTMY.

LA NYMPHE ET L'AMOUR

LA NYMPHE ET L'AMOUR.

Une nymphe, jeune et candide,
Avec l'Amour badinait dans un bois :
      L'enfant perfide,
      De son carquois,
    Tire, à la dérobée,
Une flèche, et la lance à la nymphe effrayée,
      En la visant au cœur.
      Mais, par bonheur,
Elle évite le trait, et, toute courroucée,
Le relève aussitôt et le lance à son tour
      Droit au cœur de l'Amour.

Le coup porte et lui fait une large blessure ;
L'Amour pleure, il gémit sur le mal qu'il endure ;
      Ses plaintes et ses cris
      Vont jusqu'à l'Empyrée
    Troubler Vénus : près de son fils,
      Elle accourt désolée,

La Nymphe et l'Amour

Et, de sa main, veut étancher le sang
Dans l'eau d'une claire fontaine.
Hélas! inutile est la peine :
Rien ne peut soulager la douleur de l'enfant!

Vénus voit cependant
La nymphe, dans le bois cachée,
Qui regardait à travers la feuillée,
Et souriait
Du mal qu'elle avait fait!

L'Amour se désespère ;
Le sang coule toujours ;
Alors, à son secours,
La tendre mère
Mande les médecins : il en vint, d'un seul coup,
Quatre! c'était beaucoup.

Chacun d'eux met sur la blessure
Un baume spécial,
Et, foi de médecin, il jure
Qu'il est propre à guérir le mal.
Si ma mémoire est sûre,
De ces baumes les noms

Étaient mépris, colère, haine
Et vengeance ! Mais l'inhumaine,
La nymphe aux cheveux blonds,
Sans paraître inquiète,
Et souriant toujours, voyait, de sa retraite,
Les docteurs, au fils de Vénus,
Prodiguer leurs soins superflus.

Chaque remède
Qui se succède
Ne fait qu'irriter la douleur.
Paraît enfin un cinquième docteur :
Celui-là, dans son sac, prend certain spécifique,
Et gravement l'applique
Sur le cœur de l'Amour : la nymphe, cette fois,
Ne sourit plus : de dépit, de colère,
Elle pâlit et fuit au fond des bois.

Le baume salutaire
Produit un effet tout-puissant ;
Par sa vertu suprême
Il guérit la blessure et rend, à l'instant même,
Le bonheur à la mère et le calme à l'enfant !

Mais, de ce baume bienfaisant,
Et de sa magique influence,
Quel était donc, me dira-t-on,
Le nom?
Il s'appelait l'indifférence!

LE CHIEN DE BERGER.

LE CHIEN DE BERGER.

Certain chien de berger, à l'humeur inquiète,
Au cœur ambitieux, se mit un jour en tête
De changer de métier : dans notre siècle, hélas !
    Les chiens seuls ne sont pas
    Sujets à pareille faiblesse,
    Et je sais un autre animal,
    Qui se croit de plus noble espèce,
      Atteint du même mal ;
    Il faut bien que je le confesse,
Malgré tout le respect que pour lui je professe.

Donc notre chien se dit : « Assez et trop longtemps,
    » J'ai mené paître aux champs
    » La race moutonnière :
» Sot métier que celui de gardien de troupeaux
    » Pour tout salaire.
    » Maigre pitance et pauvre chère,

Le Chant du Berger

» Point de sommeil la nuit, le jour point de **repos**;
    » Et puis, pour surcroit de misère,
    » Maints horions et force coups
» De bâton ou de dents de mon maitre ou des loups.
    » Foin des champs et vive la ville!
    » J'y veux aller prendre un emploi
» Plus conforme à mes goûts et plus digne de moi! »

    Leste et joyeux, d'un pas agile,
Dans la cité voisine aussitôt il se rend,
    Et là, tout en flânant,
    Le nez au vent,
    Il voit, le long d'une muraille,
    Une affiche qui promettait
Honnête récompense à qui rapporterait
    Un chien griffon et de petite taille
    (Lindor était le nom
    Du vagabond),
Qui s'était le matin enfui de la maison,
    Sans nul souci de la tendresse
    Ni des larmes de sa maitresse!

    « Vraiment, se dit notre héros,
    » Voilà bien mon affaire,

» Et ce Lindor, fort à propos,
» A fait l'école buissonnière !
» J'irai le remplacer : jamais occasion
» Ne fut plus favorable ;
» Chien de salon,
» Avec bon gîte et bonne table,
» Quelle douce condition ! »

Plein d'espoir, il s'élance,
Et, tout crotté, mal peigné, haletant,
Il entre fièrement
Dans un hôtel de superbe apparence,
Où l'on pleurait encor
L'ingrat Lindor !
Bientôt il se trouve en présence
De grands laquais, poudrés, frisés,
Qui se tenaient debout, les bras croisés,
Sans rien faire, suivant l'usage
De tout laquais de haut parage.

Devant ce cénacle imposant,
A peine a-t-il présenté sa requête
Que chacun, d'un air insolent,
Rit au nez de la pauvre bête ;

Puis, à grands coups de fouet, appliqués sur le dos,
          Renvoie à ses troupeaux
    Notre gardeur de brebis et d'agneaux!

      Il s'en revint, l'oreille basse,
      A son maître demander grâce,
        Et reprendre sa place
    Près de ses moutons. En chemin
    Ayant rencontré, d'aventure,
Un de ses vieux amis, c'était un gros màtin,
      Qui, sous une forme un peu dure,
Cachait un gros bon sens, de sa mésaventure
    Il lui fit part : « Je ne plains pas ton sort, »
      Répondit ce sage Nestor,
    « Ta sottise et ta suffisance
» Ont attiré sur toi ce juste châtiment :
        » Le Tout-Puissant,
      » Dans sa suprême prévoyance,
» T'avait, de père en fils, créé chien de berger,
» Avec tous les talents propres à ce métier;
        » Pourquoi donc en changer?
        » Et pourquoi ne pas faire
        » Ce qu'ont fait tes aïeux
        » Et ce qu'a fait ton père?
        » Qu'on étende la sphère

Le Chien de Berger

» Où nous plaça le ciel, j'y consens, rien de mieux ;
  » Mais la briser est souvent dangereux ;
    » Et de cet effort téméraire
    » Naissent plus de maux que de biens ;
    » Loin de s'élever on s'abaisse.
      » Ce que je dis s'adresse
      » Aux hommes comme aux chiens ! »

L'AMOUR ET LA HAINE.

L'AMOUR ET LA HAINE.

Dans un vieux livre, l'autre jour,
Je lisais que l'Amour.....
Mais, avant d'entrer en matière
Plus à fond, je voudrais prévenir mes lecteurs
Qu'à mon âge nos vieux auteurs
Seuls, à peu près, ont le don de me plaire :
Plus je vieillis,
Plus je les lis et les relis,
Plus, à mes yeux, ils ont de prix.
De cette préférence
Veut-on savoir la cause? la voici :
C'est que, chez eux, je trouve en abondance
Certaine fleur, bien rare en ce temps-ci!
Je parle du bon sens : hélas! c'est une graine
Qui germe peu dans ce pays,
Et qu'en nos modernes écrits
On ne récolte qu'à grand'peine!

Or, le bon sens, voilà pour moi
Dans un auteur la qualité première!
Et c'est pourquoi
Dès que je flaire
Un bouquin séculaire,
Sa seule vue attire et réjouit
Mon cœur et mon esprit.
Et maintenant je reprends mon récit
Sans autre commentaire.

Donc, je lisais un jour,
Dans un vieux bouquin, que l'Amour
Et la Haine, du même père,
Chose bizarre! étaient issus jadis;
Mais la sœur et le frère
Vivaient en ennemis.
L'Amour était aveugle de naissance;
La Haine avait de très-bons yeux;
Or, sans la moindre conscience,
Elle abusait de ce bienfait des dieux
Pour jouer à l'Amour mille tours odieux :
Si, dans l'ombre et le mystère,
A quelque rendez-vous discret,
L'Amour se trouvait en secret,
Le suivant à la piste,

Sournoisement et d'un œil curieux,
La Haine, à l'improviste,
Venait troubler ses plaisirs et ses jeux.
L'Amour est d'humeur vagabonde,
C'est là son grand défaut!
Si de courir le monde
Il lui prenait fantaisie, aussitôt,
Mettant à profit son absence,
Et, par son souffle venimeux,
De la vengeance
En attisant les feux,
La Haine se glissait, sans scrupule, à sa place
Dans les cœurs que l'Amour avait aimés le mieux!
Bref, révolté de cet excès d'audace,
L'Amour porta devant la cour des dieux
Sa plainte et ses griefs : après sévère enquête,
Et des méfaits la preuve étant complète,
Il fut, par la suprême cour,
Ordonné qu'à titre de peine,
Ainsi que son frère, la Haine
Perdrait les yeux! Or, c'est depuis ce jour
Que la Haine est aveugle, aussi bien que l'Amour.

Ce récit est-il véridique?
En douter serait un grand tort.

Mais, répondra quelque esprit fort,
C'est un conte mythologique !
Qu'importe? Quant à moi, je le dis franc et net,
Sous cette forme ingénieuse,
De quelque vérité profonde et sérieuse
La fable m'a toujours révélé le secret.

D'ailleurs, mon vieux bouquin assure,
Et s'il le dit la chose est sûre,
Que la fable ne ment jamais ;
Bien différente de l'histoire,
Qui, sur tant de sujets,
Sur les héros et leurs hauts faits,
Trop souvent nous en fait accroire !

LE VIEILLARD QUI DEMANDE A RAJEUNIR.

LE VIEILLARD QUI DEMANDE A RAJEUNIR.

Un vieillard se plaignait aux dieux,
Et disait : « La Parque ennemie
» Se prépare à briser la trame de ma vie,
» Quand je pourrais tirer un fruit si précieux
» De cette importante science,
» Fille du temps et de l'adversité,
» Qu'on appelle l'expérience !
» Ah ! si, par un effet de sa toute bonté,
» La Providence
» Me laissait de mes jours
» Recommencer le cours,
» O Jupiter, tu peux en croire ma promesse,
» Raison, vertu, sagesse,
» Seraient ma règle à l'avenir :
» Plus de ces passions dont le seul souvenir
» Fait honte à ma vieillesse ! »

Jupiter se montra touché de ce désir :
Il lui plut de tenter l'épreuve.

Le Vieillard qui demande à rajeunir

Notre homme aussitôt fait peau neuve :
Plus de rides, de cheveux blancs!
Les roses du printemps
Brillent sur son visage et son corps se redresse ;
C'est la santé, la vie et son ardente ivresse!
On eût dit qu'à longs traits,
De la fontaine de Jouvence
Il avait épuisé jusqu'aux derniers filets!
Le cœur est plein d'effervescence ;
Son sang impétueux coule à flots abondants,
Et bouillonne comme à vingt ans!
Mais, hélas! la jeunesse
Fait avec la raison,
Dit-on,
Mauvais ménage, et, lorsqu'elle est maîtresse
Au logis,
Prudemment la raison s'empresse,
Afin d'éviter les conflits,
De partir au plus vite,
Et de chercher un gîte
Dans quelque autre maison.
Ainsi fut-il pour ce nouvel Éson!
Plaisirs et voluptés, sur son âme en délire,
Exercent de nouveau leur dangereux empire ;
Il cède à leurs attraits,

Et ne tarde pas à commettre,
Oubliant ses serments et tous ses beaux projets,
Mêmes fautes, mêmes excès
Que par le temps passé! Le voyant apparaître
Devant son tribunal, confus et repentant,
Le maître du tonnerre
Avait le droit d'être sévère ;
Mais, comme il est le tout-puissant,
Il aima mieux être indulgent,
Et, pour tout châtiment,
Il lui fit cette remontrance :
« Souviens-toi désormais
» Que, pour dompter la violence
» Des passions et des penchants mauvais,
» La seule expérience
» Sera toujours pour l'homme un frein insuffisant,
» Si sa raison n'oppose à leur débordement
» Une infranchissable barrière!
» Que ton exemple serve aux mortels de leçon!
» Saura-t-on
» Profiter, sur la terre,
» De cet enseignement?
» Je le désire; mais, à parler franchement,
» Je ne l'espère guère! »

Le bon Jupin,
En s'exprimant ainsi, n'était pas, ce me semble,
Très-juste envers le genre humain ;
Et si parfois, du haut de l'Olympe, il contemple
Tant de rares vertus qui, dans ces heureux jours,
Foisonnent sur notre planète,
Délicatesse, honneur, moralité parfaite,
A coup sûr il regrette
Les derniers mots de son discours !

LA RAISON ET LA FOLIE.

LA RAISON ET LA FOLIE.

La Folie, autrefois, eut avec la Raison
      Une grande querelle :
      Elle était, disait-elle,
   Fille d'un dieu, fille de Cupidon,
    Et voulait, par droit de naissance,
  Sur sa rivale avoir la préséance.
La Raison contestait cette prétention,
  Qu'elle trouvait pleine d'impertinence.
Le grand conseil des dieux fut saisi du débat,
    Et, vu son importance,
En personne Jupin présida la séance.

   La Raison prend pour avocat
    Minerve, et la Folie,
  Sur le conseil du vieux Comus,
    Sans hésiter confie
    Sa défense à Vénus.
De part et d'autre on fait assaut de rhétorique ;

La Raison et la Folie

On plaide et l'on replaide, on reproduit sans fin
Les mêmes arguments, c'est l'habitude ! Enfin,
    Après mainte et mainte réplique
    (Dans l'Olympe comme au palais,
   Hommes ou dieux, les avocats jamais
   N'en ont fini de plaider leurs procès !),
Jupin clôt les débats ; puis, dans l'aréopage,
  On passe aux voix : les plus jeunes des dieux
    Votent pour Vénus ; les plus vieux,
      Ils étaient, je suppose,
      Les plus nombreux,
     Adjugent gain de cause
A Minerve ; sur quoi la cour rendit arrêt
     Qui proclamait
Le droit à la Raison de marcher la première,
  Et condamnait aux dépens l'adversaire.

    Mais Jupin à peine achevait
     De lire la sentence,
  Que, sans égard pour l'auguste présence
Des juges, la Folie, arrachant ses grelots,
    Sa marotte et ses oripeaux,
    Tempête, proteste et s'écrie
    Qu'elle se moque des arrêts,
     Et que jamais,

A sa plus cruelle ennemie,
Elle n'entend céder le pas ;
Plutôt qu'un tel affront, mieux vaudrait le trépas !

Elle avait, on le voit, l'humeur un peu fougueuse,
Et ne respectait pas le temple de Thémis ;
Mais elle était femme et plaideuse,
Pardonnons-lui sa fureur et ses cris !

D'ailleurs, pour calmer sa colère,
La reine de Cythère
(C'était un avocat très-retors en affaire)
Lui dit : « Pourquoi pleurer si fort ?
» L'arrêt, tout bien pesé, loin de te faire tort,
» Te donne le moyen de gagner la partie :
» Il t'oblige à marcher, ma mie,
» Derrière la Raison : eh ! tant mieux : tu pourras,
» Sans qu'elle s'en défie,
» Jeter bas
» Toute œuvre par elle accomplie,
» Et partout effacer la trace de ses pas ! »

A ces mots, la Folie, heureuse et consolée
Par la pensée

D'avoir à chaque instant
Un moyen sûr de venger son offense,
Se promit d'en user sans nul ménagement ;
Et l'on sait, par expérience,
Avec quel soin et quelle conscience
Elle tient son serment !

LES MOINEAUX ET LA PIE.

LES MOINEAUX ET LA PIE.

On sait que, parmi les oiseaux,

La race des moineaux

Est d'humeur à la fois criarde et tapageuse :

De ces bavards une troupe nombreuse,

S'en vint percher, un jour,

Sur un hêtre à l'épais feuillage,

Et de là, son bruyant ramage

Assourdissait les échos d'alentour.

De cet importun voisinage

Lasse à la fin,

Et perdant patience,

Sur la branche d'un vieux sapin

Une pie hardiment s'élance,

Et, pour leur imposer silence,

S'adressant aux pierrots,

Les gourmande en ces mots :

« Vos cris perçants, dit-elle,

» De ces lieux troublent le repos :
» On n'entend plus la voix de Philomèle,
» Vous étouffez ses chants harmonieux ;
   » Cessez cet infernal vacarme
» Et laissez-nous savourer le doux charme
   » De ses accords mélodieux. »

   A ces paroles de la pie,
La bande des moineaux resta tout ébahie !
   L'un d'entre eux, c'était l'orateur
De la troupe, aussitôt répond avec colère :
     « Vos plaintes, ma commère,
   » A votre goût font peu d'honneur :
   » Quoi ! vous mettez en parallèle
     » Nos chants
» Si pleins, si vigoureux et si retentissants,
   » Avec le chant si mesquin et si grêle
   » De cette pauvre Philomèle !
   » Mais songez donc que, dans ses bois,
» La nuit, et tout honteux, le rossignol, à peine
   » A-t-il chanté pendant trois mois
   » Qu'il est à bout et de force et d'haleine !
   » Tandis que nous, en plein jour, nous chantons
» Du matin jusqu'au soir, dans toutes les saisons,
   » Dans la montagne, et les bois, et la plaine,

» Et sans jamais fatiguer nos poumons !
   » Que votre rossignol, ma mie,
» En fasse donc autant, je l'en défie ! »

   « Ce qui me plait et me séduit,
   » Répliqua sèchement la pie,
   » C'est une douce mélodie,
   » Et non le tapage et le bruit ! »

   La réponse était sage,
Et de la pie, en cette occasion,
   J'approuve le langage.
Il pourrait servir de leçon
A ces braillards gonflés de suffisance,
   Capables, pour toute science,
   De parler haut, longtemps et fort,
Et se croyant, après ce grand effort,
   Des foudres d'éloquence !

LE RENARD QUI SE FAIT ERMITE.

LE RENARD QUI SE FAIT ERMITE.

CONTE.

Un renard ayant fait une large ripaille
   Et de lapins et de volaille,
   Tout en digérant à loisir,
    Bien repu, la panse pleine,
Sur ses méfaits passés se prit à réfléchir;
Et se voyant l'objet d'une trop juste haine.
Fut saisi tout à coup d'un amer repentir.

« Tous mes jours, se dit-il, je dois en convenir,
    » Sont marqués par des crimes;
   » Et, de mon appétit glouton,
   » Combien d'innocentes victimes
   » Peuplent les bords de l'Achéron !
   » Que d'orphelins, de tendres mères,
   » Ont droit de maudire mon nom !
» Renonçons pour toujours à mes goûts sanguinaires

Le Renard qui se fait Ermite

» Les animaux ont été, par les dieux,
    » Créés pour vivre en frères,
» Non pour se dévorer entre eux :
» En honnête renard vivons ! et faisons mieux,
» Donnons au monde entier l'exemple mémorable
    » D'un grand coupable,
» Qui s'inflige à lui-même un rude châtiment,
    » Pour expier ses fautes noblement !
      » O vous, ferme, village,
» Poulailler, basse-cour, trop séduisants attraits
    » Pour mon instinct sauvage,
    » Je vous fuis à jamais !
    » Et maintenant, dormez en paix,
    » Lièvres, coqs et poulets !
» Je veux m'ensevelir, comme un anachorète,
» Dans le fond d'un désert, pratiquant désormais
    » L'abstinence et la diète. »

Il se lève à ces mots ; et, sans plus de retard,
    Prend sa course au hasard.
Sur son chemin bientôt il trouve un monastère :
    Tout reposait dans la sainte maison.
      Profitant de l'occasion,
      Et par pure dévotion
      (Comme il lui parut nécessaire

De se munir d'un vêtement
　　Convenable et décent
Pour son nouvel état), le scrupuleux compère
　　Pénètre, avec mystère,
　　Dans la cellule d'un vieux frère,
　　Qui dormait d'un sommeil profond ;
　　　S'affuble sans façon,
　　De la robe et du capuchon,
　　　Sans oublier la haire,
　　La discipline et le bâton.

　　De la défroque monacale
　Ainsi couvert il poursuit, à pas lents,
Humble et grave à la fois, sa route à travers champs.
　　Mais déjà l'aube matinale
Perçait de ses lueurs les ombres de la nuit :
　　Or, rien n'aiguise l'appétit,
Comme l'air du matin. Le nouveau cénobite
Sent que son estomac et murmure et s'agite,
　Et son ardeur pour la diète faiblit.
Il lutte cependant ; mais le malin esprit
Avait juré sa perte, et son âme maudite
　　Savait trop bien, hélas !
　　Qu'il était d'attrayants appas,
Auxquels notre pécheur ne résisterait pas !

Pour assurer la victoire indécise
(Ce fut lui qui souffla ce conseil dangereux),
Un coq, un jeune coq, étourdiment s'avise
De presser, de son chant joyeux,
L'Aurore, ce jour-là coupable de paresse,
Et qui tardait, l'indolente déesse,
A se montrer aux cieux.
A cet appel plein d'impudence
Comment ne pas céder? Comment de l'abstinence
Pratiquer plus longtemps les devoirs rigoureux?
Maître Renard succombe : en toute diligence,
Il jette le froc, et s'élance ;
Puis, comme aux jours de ses premiers exploits,
Saisit le coq, l'emporte au fond des bois,
Et met, en le croquant, fin à sa pénitence.

Ayons pour lui quelque indulgence :
Ainsi que le renard, les hommes sont sujets
A même défaillance.
Que de fois nous formons les plus nobles projets,
Ne rêvant que le bien, la vertu, les progrès!
Que de fois, à soi-même, on se fait la promesse
De réformer ses défauts et ses mœurs,
De réparer ses torts et ses erreurs !
Mais, telle est l'humaine faiblesse,

Le Renard qui se fait ...

LE RENARD QUI SE FAIT ERMITE.

Que vienne à glisser sur nos cœurs
Une tentation traîtresse,
           Adieu serment !
Adieu réforme ! adieu sagesse !
           Le plus souvent,
Comme le dit le fabuliste, autant
           En emporte le vent !

LA FOURMI ET LE CIRON

LA FOURMI ET LE CIRON.

Si la fourmi n'est pas prêteuse,
C'est La Fontaine qui le dit,
On trouvera la preuve, en ce récit.
Qu'elle est tant soit peu vaniteuse.

Un matin, elle fit rencontre d'un ciron ;
Et, prise de compassion
A la vue
De cet être chétif et de taille exiguë :
« Mon pauvre ami,
» Dit-elle, la nature
» Envers toi me paraît injuste autant que dure :
» Tandis qu'à la fourmi
» Elle prodigue, sans mesure,
» Tous ses bienfaits ; parmi les animaux
» Et les plus forts et les plus gros,

7.

» Donnant à notre race

» Le premier rang et la première place,

» Toi, par une amère disgrâce,

» Elle te condamnait à l'état d'avorton !

» Créature à peine ébauchée,

» Dans le règne animal elle t'a reléguée

» Au dernier échelon !

» Sur une feuille, solitaire,

» Tu passeras ta vie entière,

» Sans connaître jamais les splendeurs de la terre !

» Ah ! si tu pouvais, par hasard,

» Pénétrer, quelque jour, dans une fourmilière,

» Quel spectacle imposant frapperait ton regard !

» Tu verrais une ville immense,

» Munie en abondance

» De bastions, de fossés, de créneaux,

» Avec souterrains et canaux,

» Témoignage de la puissance

» Du peuple fourmillant ; en tous lieux ses travaux,

» Je le dis sans jactance,

» Sont œuvres de géants ;

» Et ses palais, ses monuments,

» De colossale architecture,

» Des siècles et du temps

» Peuvent braver l'injure ! »

Dame Fourmi venait de prononcer ces mots,
Quand un baudet, qui portait sur le dos
Un tas de vieux fagots,
Heurta du pied la fourmilière,
Et, sans plus de souci, fit voler en poussière,
Au gré des vents,
Palais et monuments,
Dont notre babillarde, hélas! était si fière.

Ainsi de l'homme! Il croit souvent,
Le soir, et sur la fin du terrestre voyage,
Qu'après un labeur incessant,
Il a construit le monument
Qui doit marquer ici-bas son passage,
Et, plus durable que l'airain,
Transmettre son nom d'âge en âge :
Le lendemain,
Si l'on veut retrouver la place
Où s'élevait le monument hautain,
Tout a péri! le regard cherche en vain,
Et n'en peut découvrir la plus légère trace!

4 juin 1872.

CONTRE LE XIXE SIÈCLE.

CONTRE LE XIXe SIÈCLE.

BOUTADE.

Si la divine Providence
Eût daigné consulter mon goût, ma convenance,
Elle m'aurait fait naître au moins cent ans plus tôt ;
Je dis cent ans au moins, et je le dis bien haut.
Non, je ne suis pas fait pour le siècle où nous sommes ;
Je n'en aime les mœurs, les façons, ni les hommes !
Vante qui voudra ses progrès,
Le cigare et le club ont pour moi peu d'attraits,
Et je n'ai qu'en très-faible estime
Ses habits étriqués et ses instincts bourgeois.
Oui, j'aime le passé, dût-on m'en faire un crime.
Comme la vie était calme et simple autrefois !
L'ambition désordonnée
N'agitait point les cœurs d'une ardeur effrénée ;
On ne murmurait pas contre sa destinée ;

Mais, content de son sort,
Vivant auprès des siens et sans changer de sphère,
On mourait sur le coin de terre
Où son père était mort.
Puis on avait, pour égayer la vie,
Des plaisirs à foison :
La nuit de Noël avec le réveillon,
Et le gâteau des Rois, lors de l'Épiphanie ;
Les soupers fins, l'égrillarde chanson,
Le menuet, les vers et le sermon ;
Le *Mercure galant*, enfin la tragédie !
L'austère Melpomène, honorée, applaudie,
En ce temps fortuné,
Comme une dame suzeraine,
Régnait sur notre scène.
Mais aujourd'hui son temple est profané ;
Au drame, au romantisme, il est abandonné.
Or, qu'on le sache bien, le fait est sans réplique :
Tout siècle qui n'a pas pour la muse tragique
Et le cothurne un culte fanatique,
Est un siècle dégénéré,
Sans foi ni loi, perdu, déshonoré !

Eh quoi ! me dira-t-on, à votre avis, les hommes
Valaient donc mieux jadis qu'au temps où nous vivons ?

A cela je réponds
Que l'on trouvait en eux des cœurs de gentilshommes ;
Et, malgré leurs travers, leurs vices, leurs défauts,
Bien souvent des cœurs de héros.
Que de nos jours on trouve encore en masse
Beaucoup d'honnêtes gens ; sans aucun doute ! Mais
Des gens d'honneur la race
Devient plus rare que jamais.
Bref, à tout prendre, j'aime,
N'en déplaise à certains esprits,
J'aime encor mieux nos vieux marquis
Que notre moderne bohème.

Dans ce temps-là, preux et galants,
Nos chevaliers savaient, en même temps,
S'agenouiller devant l'Être suprême,
Servir leurs dames et leurs Rois,
Et mourir pour la France, en défendant ses droits :
Ah ! le bon temps que le temps d'autrefois !

15 juin 1872.

FIN.

TABLE DES FABLES.